屋根にのぼる

山下洋歌集

青磁社

屋根にのぼる＊目次

I

II

III

山下洋歌集

屋根にのぼる

I

時の潮目

定型の格子のように揺れている樟の木下《こした》の光のはだら
魚と魚ならばぶつかり合うこともなかっただろう〈時〉の潮目に

揚雲雀ぴゅるぴゅる鳴けり俺という器に満たすべきものは何

今朝もまたテレビの星座占いを見ていたという遅刻の理由

〈スピード〉を〈偏差値〉に読み換えてみよ事故は他業種のことにはあらず

夕刊を読みつつ眠りたる君を居間に残して寝室へ去る

雨がしとしと日曜日ジュリーファンやったあの子はどうしてるやろ

坪庭に陽が

姫皮は木の芽和えにて召しませとメモ添えられしたけのこ置かる

早苗植え終えたる機械きらきらと泥光らせて畦に上がり来

水張田の畦に一羽の鷺立てり田の面に雨の降るを見ており

柔然《じゅうぜん》・突厥・ウイグル・キルギス、少女らは板書を写しつつお喋りす

手羽先のからあげ揚げているときの油のように感情の爆ず

今日も午後に登校して来し少女らと夜更けの駅でばったり出会う

坪庭の石灯籠と手水鉢夏至近き陽を垂直に浴ぶ

変哲もなき揚げ餃子さりながらバルサミコ酢のソースが似合う

夕光を背に

目つむれば蛍光色のしじみ蝶まぶたの裏に群舞しはじむ

葉桜の幹のうしろにしゃがむ子を忘れて鬼がおうちに帰る

夕光をまうしろにして園に待つ君に表情読まれぬように

短夜のあかとき闇を覚めいしか「ウチあほやな」と妻ひとりごつ

髪減って頭皮が日焼けするねんと友は帽子をかぶりはじめた

うしろよりだきよせしときちちふさはまことゆたかなものとおもいき

朝なさな熊蟬どもは騒げども今年の夏を君は在さず

久しぶりのライブに来いよ三十五年ベース弾く友の葉書が届く

褶曲層序

稜線の木道をふたり歩むとき池塘を過《よ》ぎる雲の迅さは

西吾妻山頂近く水の辺に君と見ており揺るるワタスゲ

みどり戴く島々なれど褶曲の層序あらわに断崖を見す

水平線はるかにまろし岬山の唐船《からふね》番所跡より望む

ウニ漁に出る人は八時半集合と月浜地区の放送が告ぐ

船尾より君らの投げるえびせんを追うて群れ飛ぶ鷗、海猫
鳥の趾《あし》状に岐るる岬なりみずかきのように浜を広げて

イワトビペンギン

もしかしてバッハだろうか長調に変えて吹きいる子の口笛は

〈皇帝〉を〈イワトビ〉にして覚えてた　汝が七歳の日本脱出

君を束縛するものは何も無いはずと子に言いながら自分にも言う

こころざし失くしちまった男などどうしようもないとあなたは言うが

老眼鏡先に買いたる妻が言う「あなたも今日中に買いに行くのよ」

イントロは確か波音だったはず「時には母のない子のように」

何となく世界の外にいるような日だから読書しようと思う

千本の手を持つ像よ非力なるわれに数本お貸し下され

七輪に鍋などのせてふっくらと豆煮るほどの時間はなきか

山裾をうずめて白き蕎麦の花そよぎておらむわれもそよがむ

減反五割

苫東《とまとう》という広大な空地なり送電線がひたすら伸びる

「スタッドレスもう履いてます。いつ雪が降るかも知れませんから。」と言う

道内の減反は50%に及びぬとトマトのハウス車窓より指す

紅葉して迎え呉るるか三年経てまた越えむとす日勝峠

流れ出す川ひとつなきみずうみのみず限りなく透きとおりたり

草肥《くさごえ》として蒔くらしき晩秋の畑にあふるるヒマワリの黄は

巨大化し空洞化せしマリモとぞその球形をもはや保たず

湖のようにひろがる雲の影十勝平野をゆっくり辷る

いちょうラボ

あっ雨といちはやく言う　われよりも五センチ天に近き少年

どう幕を引けばいいのだ考えのまとまらぬまま職場に着きぬ

ツキーキー百舌鳥啼きはじむ朝よりの雨ようやくに上がりたるらし

大理石の柱になって地下駅に立っていたのだあの日はずっと

ひょっとして君を追い詰めているのはわれかもしれぬ声が昂ぶる

一呼吸おくべきならむ石蕗の高く掲げし黄の花そよぐ

ああラボに戻りたいと切に思う　いちょう散りしく道歩みつつ

ぎんなんのにおい入り来るラボに棲みいくつもの秋遣りて過ごしき

側面に鋲のきらめく黒革のブーツの脚を組みて少女は

窓ガラス風に鳴れども詠みあぐむ　ああもっと濃い一語が欲しい

打たれ強さ

マスカラをにじませながら泣きいたりとりあえずその涙をお拭き

砂時計しばし画面に見せしのちフリーズしたるパソコンの馬鹿

更衣室のソファで鼾をかいている過労気味なる友を起こさず

われもまた歩けないのに走ろうとした一人なり明日はレノン忌

ストーブの上で薬缶の蓋が鳴るかろやかなれど生活の音

昨夜《よべ》積みしブロック塀の上の雪しずく垂れおり陽の射しはじむ

勁さとは打たれ強さのことなりや裸樹となりたる欅が高し

六連星

悔むこと湧くばかりなる帰り道オリオンを仰ぎすばるを探す

天頂のすばるが三つしか見えぬ風花の舞う寒き夜なりき

蛇口とう端末ありてほとばしるあまた分岐を経て来たる水

柿ひとつ落ちて砕けて飛び散りぬ駅へと急ぐ朝の舗道に

持久走駈け終わりたる少年がタオルで坊主頭を拭う

歳をとるごとに研がるる感覚のひとつ季節の推移の甘受

もう君の居場所はここにしかないと囁くごとし冬空の青

灯影を呷る

ながくながくヒマラヤ杉の影伸びて校舎の壁に届く冬の日

身に溜まりこころに溜まる疲労なりグラスに浮かぶ灯影を呷る

雪の夜に時刻表にて辿りゆくさねさし相模なまよみの甲斐

消化器に深々と穴穿つまであなたは何を抱えこみたる

横ざまに飛ぶ雪のなか黄は顕ちてほころびそめしマンサクの花

出口なき部屋の入口思いつつみずうみの舟眺めていたり

ぼろぼろになりし「人生ゲーム」初版大事に持っている友のこと

菜の花パスタ

山東省の海辺の町に育ちたる張君なれど刺身は苦手

学食のカレーばっかり食べてたと来日直後の日々を語りぬ

地蔵尊彫られし石の小さかり幻霜童子とう碑銘にて

こころ急くことさわなるにいつまでも雪の降る日のつづく三月

雪霽れて夕べには雲ひとつなし月の全円ぬらり昇り来

菜の花のパスタを前に一年の浪人ぐらし終えし子祝う

重心

フライパンにフレンチトースト焼いている誰も起きない日曜の朝

靴裏が外へ出るたび連れて来てさくらはなびら三和土に溜まる

天窓の向こう明るき月の夜に君が言おうとしたことは何

〈何を〉より〈どのように〉へと重心を移しつつあり確かにわれは

揚羽講義室

幾秒の沈黙重き受話器より呼吸の音が伝わってくる

すっぴんのまま久々に少女来て退学届置いて帰りぬ

「滞納の諸費については分割で支払います。」と念書を貰う

葉桜の翳りのあわき植え込みに群がり咲けるイチハツの花

窓近く樟の木の立つ講義室きょうもアオスジアゲハ舞い込む

そっとペン置きし少年凹めたる両掌合わせて蝶を捕えき

廃都には築地《ついじ》の跡地ありましてタンポポの絮飛び立つばかり

家持転々

あらくさの小さき花をそよがせる風に気づきぬ初夏の園

亀の甲含む分子の匂いよと五月の風に吹かれていたる

越《こし》、因幡、陸奥、家持の転々に思いは向かう雲雀あがれば

ドクダミとユキノシタ咲く蔵の辺に遊びてわれら幼なかりにき

ふらふらと何処へ向かう男かとしばらく俺を尾行してみる

廊下から二列目前から三番目きょうも不在で机だけ居る

「絶対に明日は行くから」いつ電話しても返事の良き少女なり

何もかも散らかしたまま生きているそんな気がして土曜日の鬱

グランドクロス

この辻に路面軌道の交差していた日よ君と待ち合わせしは

雨浴びる灰色の肌美しきビルなり傘を傾げて仰ぐ

ビル壁を洗い流るる雨のみを見ておりそれが視界のすべて

長雨の止みしひととき外に出でて遊ぶ子どもの声は響かう

団子虫土の表に這う見えてしばし草引く手を休めたり

雨霽れし梅雨の夜空の懸濁をわれの吐きたる息かと思う

鳥は鳥の理由で飛ぶ　だから君は君の理由で旅立ちなさい

海風岬

正《しょう》の字に階段ダッシュ数えおり雨に降りこめられし野球部

携帯の蛍光に浮き上がりたる顔が夜道を近づいて来る

魔というはこころに生るる族《やから》にて夢魔という奴もっとも妖し

なにゆえか授業をサボる夢を見き生徒に探し出されて目覚む

じゃがいもと蛸の炊いたん食べながらファドが聴きたしはるかリスボン

ロカ岬欧亜大陸西の果て顔にぶつかる海風寒し

トルコ陶器の紋様のごと金網にからみつきたる夕顔の蔓

冥王星

分類とう営為の意味を問われおり惑星ひとつ消えしこの夏

モアイ像みたいに立ちしビル見えてしだいに眩しくなる晩夏光

一日中マクドに座っていたと言う居場所のあらぬこの少年は

制帽のひさしの陰によく動く目のありしかな友の訃を聞く

照れ笑いして戻りくるその中途半端な反抗ぶりが可笑しい

気の早い葉っぱからまず散りはじめこの雨のなか秋に入りゆく

父の忌は文化祭前なりしこと今年も舞台見つつ思えり

意識なき父の肺へ酸素送らむと手動ポンプを押し続けし夜

分水嶺

彼岸より二十日ほど経てようやくに咲き揃いたる黄の曼珠沙華

われに似しわが自転車は後輪をしばしばパンクさせて抗う

道の辺の販売棚に並べられ万願寺唐辛子と栗と

市川と円山川へ二分かれしてゆくならむこの尾根の雨

荒波のごとき歌欲し終電に吊革の輪のあまたが揺れる

波止に立ち海見る君の膝の裏　遠き記憶のなかに眩しき

いつまでも波風立てて生くべしと月の光は刺すごとく降る

足早に雨の巷を歩みゆくヴェルレーヌ氏が見えなくなりぬ

大リーグボール

柿の木にメジロ来たりて実をつつく立冬なれどあたたかき午後

乗りて来し段たたまれて吸われゆくエスカレーターの端　見てしまう

大リーグボールは消える球なりき言葉の消える歌も良きかも

開けおきし裏窓に雨入りぬらしサッシに溜まる晩秋の水

雨のなか遠ざかるもの追いかけて帽子を捨てたQちゃん走る

夜明けまで降りみ降らずみ朝刊を配るバイクの音過ぎゆけり

カレン・カーペンターの声聞こえそう朝より雨の降る月曜日

遠ざかる鼓笛隊最後部にてベードラ叩くわが背中見ゆ

愛せよと命ずる前に

向日町《むこうまち》、どこまで行っても向こう町、わたくしの棲む町の名かなし

無意識に同じ電車に同じドアから乗り込みて今日も始まる

丘の上を愛撫するがに過ぎゆける冬のてのひらはた冬の舌

愛せよと命ずる前に子どもらを愛してやれよ　国家でしょうが

愛国の次に強いるは何ならむ　ああ過ちは繰り返します

三年経て大人びし子ら屋上に連れ出して撮る集合写真

プッシュホンでは起こり得ぬ間合いかもダイヤル回す手を止めしこと

紅潮耳朶

家のなか動く風ありドアひとつ開ければ別のドアも鳴るなり

一月のトロンボーンよ歌口にくちびる合わすときの冷たさ

こらえたる怒りは夕べ両肩の引きつるごとき痺れとなりぬ

くれないのバラの模様の傘ひとつふわりふわりと遠ざかる坂

ワシントン州豪雪のため生徒らの国際テレビ会議は中止

すばしこき指の動きにメール打つ唇すこし咬んで少女は

青年にまだなりきらぬ横顔は耳のさきまで紅潮させて

アドバイスできることなど何もない　満ちてくるのを待てと言うのみ

一塊の闇

あたたかに冬は過ぎつつ発疹の拡がるごとく芽吹くあらくさ

少年の日にあくがれし一つなれど今は怖るる永久機関

ハイリスク、ハイリターンへと狩り立ててグローバル経済という賭場

自販機にコインを落とす頻度さえ予測されわが経済行為

投機にはロマンがあると友は言う折れ線グラフ画面に見つつ

風邪の熱やや高まりて眠れぬに残響ながし冬の遠雷

巨いなる鋸が欲し夜空より一塊の闇切り出さむため

昨夜《よべ》降りし雨の雫の乾《から》びしを朝のガラスに点々と見き

すみれ花壇

「ヤバイわ」を絶好調という意味で使いいるらししばし戸惑う

五十円ずつ出しあったというブーケ呉れて三年四組卒業したり

三十分話しつづけてようやくに意は通じ長き電話を切りぬ

出町橋賀茂の流れの飛び石をこわごわ渡りゆくピンヒール

マラソンを駈けつつ雲雀聞くなんて　三月四日篠山盆地

わが目にはヒヤシンスばかりの花壇にて君の見つけしタチツボスミレ

風花はだんだん重たそうになりやがて激しく降る春の雪

早春の苦きが嬉しものの芽を天麩羅にして君と酌みつつ

わが住む辺りでは山茱萸をサンシュウと呼ぶ

父の墓へ花を供えに行ってよと母がサンシュウ剪る春彼岸

最後の異動

朝なさな電話して起こしし〈眠り姫〉汝れもようよう卒業するか

三月三十日職員室の黒板に異動辞令は張り出されたり

文庫本・新書など図書室に寄贈して段ボール四箱の引越しをせむ

通勤に空港行きのモノレール使うなどとは思わざりしが

おそらくは最後の勤務校ならん　丘の傾りの百段の段《きだ》

千里丘陵東端に建つ校舎より放課後に見る〈太陽の塔〉

かつおだし淡く光りて厨辺に若竹を煮る香り籠りぬ

春の水門

みずを塞き花びらを塞きひったりと春の水門閉じしままなる

芥子菜は黄の花高く掲げおり夕光満つる水路のほとり

月齢は11・6見開きし片目のごとく中天にあり

夕映えの丘に〈風神雷神〉の波状の軌道浮きあがりたり

ストレスか風邪か胃の腑の鈍痛は夜更けに至り差し込むごとし

新しき場所になかなか馴染みえずまことにわれの五月病なり

品書きに〈コーヒー大〉も並んでた　あの喫茶店まだあるやろか

大樟が枯れ葉を空へ吹きあげる五月の風に揉まるるたびに

屋根にのぼる

丘陵の傾りに伸びし葛の蔓ヒマラヤ杉の秀枝に届く

君らしく始まる手紙「オリーブの枝に小さな実がつきました。」

〈早苗ちゃん〉とは田植機の名なりしと思い起こせり水張田の辺に

実を採ると屋根に登りし日のありき　かの柘榴にも花咲く頃ぞ

「この部屋で焼肉をされましたか？」と調律師訊くぶっきらぼうに

アイヌ語の響きさやけし土佐の国四万十、出雲の国十六島《うっぷるい》

朝陽射す窓を背にして置かれたるテディーベアーの顔ほの暗し

もう少し肩の力を抜きなよと雨浴びている栗のはなの穂

グラウンド脇を流るる用水にうしがえる鳴く梅雨は来にけり

真夜中の鯵

自転車の轍そのまま残しつつ梅雨の晴れ間をみずたまり干ぬ

耳でなく神経をそばだてているウッドベースの刻むビートに

弦バスに両手指みな皮むけて軍手で弾いた「茶色の小瓶」

下の子は二十三時に帰宅して鯵の干物を焼きはじめたり

板支える腕に痺れの兆すころボルトとナットやっと嚙み合う

ええ格好せんでよろしと雨のなか朽ちつつ香る梔子のはな

ブルーベリー摘み

実験炉上より幾そたび見しかほーっと青きチェレンコフ光

〈悪魔の火〉だっただろうか目つむればよみがえる青この世ともなし

地溝帯近くにあまた原子炉を据えて暮らしている日々のこと

朝まだき市役所前のベンチにて鳴きはじめたる熊蟬を聞く

もうあかん熊蟬も鳴きはじめたし梅雨が明けて夏が来てしまう

秋田駒、山稜鞍部阿弥陀池、峰を映して水面明るし

尿前《しとまえ》の関跡よりのこの小径を大名行列も登ったというか

かなかなのひとすじに鳴き茜さすブルーベリーを君は摘みゆく

誰だろう向こう岸からわれを呼ぶ黒い日傘の白い手袋

砂嘴遠望

ぼくの髪が肩まで伸びていた頃のことなど不意に言い出す君は

永遠に少年である義経が「船弁慶」を舞う薪能

和歌山へ向かう電車の窓に寄る。岬山を見む。海峡を見む。

橋渡る車輪の音をさぶしめり南海電車紀の川を越ゆ

車窓より遠望したる片男波その内側に葦辺は見えず

ぼろぼろの木肌を見せてトウカエデ大和街道沿いに並びぬ

実朝よ、春日井建よ、山の端に沈む晩夏の太陽が見ゆ

はつか花韮

さるすべりの小さな花が蜘蛛の巣にかかってるから秋が来たのだ

三人が四人に増えし役員の人事というもかなしかりけり

どうすればみんなと上手くやれるかと俺に訊くなよ知る筈もなし

幾本か韮咲くのみのさ庭辺に黄蝶につづき黒揚羽来ぬ

あまりにもすっきりと枝払われて真っ直すぎるアキニレの幹

雨の日は向かいの中学の石段を泥水が滝のようにくだる

羊雲の群れの向こうに見えかくれしながら西へ飛ぶ機影あり

朝々の檄

人生に相わたれとう檄などをとばして今朝もふとんを出でむ

事実上クーデターかと報じられ何処へ跳んでゆくノヴァうさぎ

老眼の進むも愉し　釜山港を登山道と読んでしまいぬ

取り乱すことなどないというような態度で君と対きあっている

小文字ｓの筆記体まず教えおりサイン・コサイン始める前に

接線を描くつもりが割線にかならずなってしまう黒板

晩秋の陽にさらされてわたくしのもぬけの殻の竿に干さるる

走れ太郎冠者

手の甲に何やら書きて帰り来し子がまっさきに打つeメール

出でし子の部屋に寝室うつししを時に忘れて覚めて戸惑う

定年の春までずっと、そして今も、革ジャンにGパンの友なり

巣づくりをしくじりたるか散らばりし小枝を鳩が見下ろしている

よき声に読経はつづき獅子型の香炉の口のけぶり吐く見ゆ

回ることやめてしまいて丘の上に大観覧車佇みており

遣るまいぞ遣るまいぞとう声を背に逃げおおせるかわが太郎冠者

隈と瘤

二三日拒みていたる湿布薬きょう仕方なく貼ってもらいぬ

こころして視線は低く保てよと龍のひげ地に青々と在り

青鷺の向き居る方を眺むれど何を見つめてるのか分からず

ふところの広さって何なんだろう冬の欅が枝を展げる

対岸の背割堤の冬木立浮かびては消ゆ霧の随《まにま》に

目の下にくまが、目の上にはこぶがあるような日でコーヒー苦し

花菜摘む季節来たりて思い出す冬道さんの菜の花の歌

尾を生やすなら

いつ更地になったんだろう雪のせてパワーショベルが休みておりぬ

さっきまでパジャマで居たる下の子が午後五時過ぎに外出したり

歯切れよく説きたることが気になりぬ積分の定義あやふやにして

月下われ机竜之助となりて斬りたいなどと呟いてみる

そこここに霜柱立つ土手の道さくさく行かむふところ手して

スパイクの付いたゴム長売ってたと嬉しそうなり山好きの友

尾を生やすならば狐の尾がよろし冬枯れの野を駈けつつ思う

雪傘

七十年代の声やね　ラジオから「新宿の女」が流れ来て
しきり降る雪のかなたにほの白き月は今にも溶けはじめそう

ひとつしか傘がなくって雪を積む君の右肩わが左肩

あわ雪をふわりとのせてさにつらう乙女椿はつぼみとなりぬ

エンジンの響きが好きな男にてアルファロメオが一番と言う

立ちこめし朝霧に視野満たされて露天湯に身を沈めるわれは

〈時〉の闇に消えゆく尾灯　日本海2号・3号、急行銀河

コーヒーの木

雪だるま今年はいっぱい見たること言い交しおり二月が過ぎて

朝なさな飲んではいるがぼくはまだコーヒーの木を見たことがない

街の川のどこにひそむか週に二度ばかり見かける巨き緋鯉は

母親の「いま出ました」という電話ありて二時間　まだ来ぬ少女

苦しいよ、やめたいよって書きたかったのかもしれぬ白紙答案

通過してゆくコンテナをかぞえつつ茫然と居り跨線橋にて

木蓮がいつの間にやら咲いてると入試業務を終えし日気づく

花疲れ

雨が降りはじめたらしい窓の外やや小走りにひとらが過ぎて

生きもののようなビルです緑青の浮き出た管を壁に這わせて

その祖母に「そんな遠くに行かんかて…」と言われつつ子が東京へ発つ

携帯にメール打ちつつ下りゆく男がひとり夜の桜坂

「世の中に絶えて」と詠みし業平の如何ともしがたき花疲れ

接点をどこに求めていたのかが分からなくなり黙し合いたり

何やこの音はと庭に飛び出せば隣家の笛吹ケトルなりけり

葉桜並木

花よりも萌えそめし葉が好きと言う桜並木を歩みつつ子は

「山登りはじめチョロチョロ中パッパ」と標識にあり愛宕参道

ジョウビタキひょんとあらわれ消え去りぬ若葉のみどり淡き木末に

一本の耳かき用の綿棒を卓にころがしつづけてわれは

風呂に入りたっぷりと食べゆっくりと寝ねよさすればすべて忘れむ

空缶を叩く雨だれ、何もない、何もないから安心しなよ

昨日より降りつづきいる雨のおと未明に世界のすべてとなりぬ

上半身前傾させて走り出す時を待つヒメジョオンの小径

夜々の猩猩

椎の花せつなく香る夜が来て雨季に入りゆく丘の辺の街

卯の花のふうわり白き山峡に棚田は水をたたえて光る

「植物は素数が好き」と言ったのだ　生物学専攻のあいつは

月光はきっと水なりたっぷりと浴びたる君の髪濡れている

緑陰に開く聖書に陽のはだら揺れる「蕩児の帰還」のページ

金、土、日、夜ごとの夢にあらわれて「猩猩」を舞う奴が居るのだ

老眼鏡掛けしままなりパジャマにも着替えておらぬ　嫌な目覚めだ

ひとり来て土手の草生に坐るとき川面に映る橋の裏側

わが見過ごしし

夕立の通り過ぎたる木が匂う黙りこみたる少年と居て

たこやきを焼く車来て駅前に提灯あわく点す夕暮れ

山茶花を素裸にせし茶毒蛾の食欲うらやましくてならぬ

「なぜ」じゃなく「さもありなむ」と思うべしわが見過ごしし信号いくつ

少年はベッドの端に腰掛けて声を立てずに泣けり初夏

夢のなか携帯電話鳴りはじむなぜかしら夜の松尾橋にて

鳩が鳴き朝がはじまるロール・プレイング・ゲームはまだ終わらない

おさな子に蟬の一生語りいる父親若し欅公園

五十肩ふたたび

スコップとポリバケツ持つ子どもらが乗り込んできて電車は海へ

就活のスーツ姿がハンカチを出して汗拭く日盛りの坂

コデマリの枝の先まで登りつめし蔓がゴーヤを垂れおりぶらり

鴨川に立つや夕波なみなみとビールを注ぎてグラス掲げよ

腰痛の癒えぬに五十肩再来す　わがことなれどなんだか可笑し

焼茄子の皮むきをせし指先が少しひりひりする寝入りばな

雨だれのように木の実を零しつつ秋に入りゆく一樹だわれは

虫の音近し

ちんちろり鳴く声近し今日われは一瞬われを見失いしよ

忘れてはならぬものとは何ですか街灯が立つ雨に濡れつつ

左手の指の股が少し痒し墓地の草引き終えたる昼に

甘そうには見えぬみどりの花が咲く木なれどなぜか蜂の群がる

チェンバロは晩夏の光フルートは木蔭の風を奏でて和せり

金網を吹き過ぎてゆく風ありぬヘクソカズラの小花が揺れて

「とんがらしの炊いたんちょっと持って行き」呼び留めるは母の声なり

寝ねがたき男は庭の辺に出でて立待月の南中を見き

II

二〇〇七年秋—二〇〇八年秋

あらくさの杣

鳴けや鳴け蓬が杣のきりぎりす過ぎゆく秋はげにぞかなしき　　曾根好忠『後拾遺和歌集』

「鳴けや鳴け」曾丹《そたん》とともに呼び掛けむ草ぼうぼうの庭辺に立ちて

一匹であることの意味問いながら草むらに鳴く虫を聴きおり

虫の音に呼応して鳴く奴が居るわが胸郭の裡に一匹

正門の植え込みに立つココスヤシさわに実を着けなべて落としぬ

学校で「埴輪ルック」と呼んでいるあれは「重ねばき」と言うらしい

緊張を強いているのは何ならむ引きつるごとき少年の頬

身構えて身構えて来し表情の少し弛みてにっと笑いぬ

どこからかふらりと不意にあらわれて落葉焚きする鬼がいるのだ

九つの花芽の五つ落ちにけり四つ咲かすか月下美人は

「つぎ何処へ行こか」と訊いて目が覚めた　君の答が聞きたかったよ

城山のある町に来てハミングす「…登れば見える君の家…ああ…」

濠の水しずかにあおく枯れ蓮の群れ立つなかに時に光りぬ

ムクノキにエノキ、タブノキ聳え立ち天守閣への坂道に沿う

小春日におぼろにかすむ伊吹山うっすらと雪かずきていたり

日常にどっぷりひたりすぎやねと風呂場の窓を雨が打つのだ

キツツキの穴、そうたしか青邨の三艸書屋に見たね　この夏

その兄とよく間違われし弟のうしろすがたもしぐれているか

十二月白いニットの肩掛けのひとが電車に駈け込んで来て

エルズミーア島の形の雲浮きてその南岸に近づく冬陽

畦に立つ案山子もわれも口あけて叫びだしたき冬の夕映え

フニクリフニクラ

若き日の思い出あらん母の歌う「みかんの丘」は夜の厨で　岸上大作

「赤い火を噴くあの山へ、歌って」と幾度せがみき幼なかりにき

ココナッツミルクの甘み過ぎしのちひりひりとくるタイ式カレー

どん兵衛とコンビニおにぎり二個食って寝た形跡がテーブルにある

壁紙のすこし捲れているところ「どこでもドア」と名付けてわれは

実の三つ残れるままに葉落としカリンの小枝針のごとしも

雨のやみ寒い朝ですぬかるみに今年はじめの氷が張って

葛藤の痕跡が随所に見える文章を読む朱を入れながら

頬髯の眼鏡がひとをかき分けて近づいてきた　久しぶりやね

抜き型に梅を抜かれて余りたる〈花の周囲〉の人参を食う

千中《せんちゅう》は丘の街にて千中《せんなか》は西陣なりと詮なきわれは

千里中央、千本中立売《なかだちうり》、ともに〈千中〉

上の子が胎児でありし秋の日に逝きたる父の二十五回忌

上の子は「思い出の渚」が好きやった　イントロでもう身を揺すってた

「鬼が出た」と節分ののち登園拒否せしこと君は覚えているか

妄執の極まる宵は鬼となり追儺の声に逐われてもみん

忽然とジャンボカラオケ屹立し檸檬置く基次郎は居らず

バミューダトライアングル的海域が胃にひろがりて大時化となる

「ウチにはひとの痛みが分からへん」と少女がへたりこんでしまった

「成長しなくては」などと思わなくてもいいんだよ　椿が赤い

影法師ばかりを長く伸ばしゆく欅の裸樹だ日暮れにぼくは

母の口ずさむを聴きて覚えたり「燈火ちかく衣縫《きぬ》う母は…」

忘れ水

菜の花と聞けばにわかに見たくなり手ふれたく否食べたくなりぬ　冬道麻子『遠きはばたき』

腰の篭に花菜摘みゆく人影のかなたにかすむ丹波山塊

この家は男ばかりとぼやきつつ君は今年も雛を飾りぬ

雛の肌火影に白し四月にはふたりになってしまうこの家

『続夫婦善哉』鞄に持ち歩く蝶子も柳吉も友人なれば

着流しのうしろ姿は織田作か口縄坂をくだりゆきしが

跨線橋ふいにあらわれ早春の単線軌条たちまちに越ゆ

なるも恋ならざるも恋ひたぶるに猫が鳴くなり春浅き夜に

『アデン・アラビア』冒頭がなぜ蘇る五十五歳の誕生日来て

仮定法過去で話をする少女の将来の夢聞かされている
「…だったら」と語り出すとき願望はすでに断念の色濃く帯びて
もしぼくに羽が生えても飛ばないよ　駈けてゆくんだ君のもとへは

工藤の冬道麻子小論は「塔一九八四年四月号」にあった

麻子論「共にいるいたみにかえて」（工藤大悟）を読み返す夜半

「のれそれ」と墨に書かれし紙貼られ寿司屋の壁に春が来ている

ゆっくりと駈けて起伏を楽しみぬジョギングコース丘を廻りて

丘の辺のシロツメクサの群落に交ざりて咲けりタンポポの黄も

胃袋をほぼ切除され倍くらい饒舌になり友復帰せり

落花掃く箒の音が朝の街のどこかからするいつまでもする

春樹訳チャンドラー読む　わがロング・グッドバイひとつ反芻しつつ

やわらかき光を纏う箸二膳いただきものの若狭塗なり

いつの春いずこの野辺か菜の花のさなかに光る忘れ水見き

津軽彷徨

滴一滴しだれ桜のしたたりを受け止めている大地の胸が　祐徳美恵子「塔一九九一年六月号」

もう工藤、十六年になるんやね。君の不在を歌いつづけて

五月四日、中地・ムッター・陽一・新宮と伊丹にて集合し、青森空港へ

「どう見ても初老の集団やね。」と言い、少し笑っているムッターは

十七回忌には行くと言っていた祐德となかなか連絡がとれなかったが…

四月尽、ようやく電話かかり来て「わたしも行く」とひとこと言えり

先に青森駅に着いた五人はとりあえず新鮮市場へ

一条から六条通りまである地下街をうろついたのち寿司屋に入りぬ

昼間からビールに酔って、標語を唱える奴も…

「友だちが君を良くする悪くする」などと言いつつ新宮は飲む

われらの、そして工藤の、友人のひとりがこの冬に亡くなった

君の飲み友だちだった皆川ちゃんがそっちへ行ったけど会ったかい

夕刻、やっと祐徳と落ち合う

待ち合わす新町通り五月とは言えどつめたき風が吹き過ぐ

五月五日、弘前へ

弘前の桜まつりの賑わいに紛れて工藤大悟よ出で来《こ》

弘南鉄道中央弘前駅

曇天にリラの花咲く街角を曲がりて小さき駅に着きたり

みぎひだり林檎畑の花盛り大鰐線はゆっくり走る

また来たよ　君と共有した〈時〉を駱駝のようににれがむために

十六年過ぎたり君が大乗院薬悟弘阪居士と呼ばれて

短くて長きこの十六年の絶対時間・相対時間

わたくしに有為転変を問うなかれ　君は空から見ていたはずだ

祐徳を連れて来たから三十年前の歌会の話をしよう

墓を辞して津軽の野辺を歩めば
畑ヒメオドリコソウ、畦オオイヌノフグリ、そしてそこら中タンポポ

ご両親のもとにうかがい、仏壇に手を合わせる
「大悟の分まで長生きします。」とおっしゃった　どうぞそのようにお過ごし下さい

帰路は三沢発。民間機専用ではない

今しがたF16が飛び立ちぬ大阪便待つ三沢空港

さっき離陸したばかりなのに、もう庄内平野が……

帰るとは去ること　機窓から見える鳥海の雪、月山の雪

五月二十八日、祐徳から葉書が届いた

「弘前でのことは一生忘れません。」と記されていた　ぼくもそうだよ

首都、炎帝篇

遺失物係をさがす暮れ方のこころのような　人生なかば　大引幾子「塔一九九七年八月号」

掛軸に「魚化龍」の文字　この先を何と化すこと可なりやわれは

七月の夕陽はとても眩しいと梢を揺らす紅さるすべり

日の暮れに長くなる橋「ここへ来よ、なべて捨てて。」と囁きながら

一体何を考えているのか青蜜柑一気に五個たいらげて

足袋買《こ》うてから東京に帰ると言う　少し元気になったらし子は

「分銅屋?どこにあるんや?」訊くわれに「イノダコーヒの本店のそば!」

子ら去りてふたりとなりし夏休みときおり君の泣く夜のあり

「これでいいのだ。」の助詞「で」は動かないのだ　バカボンのパパの科白の

「完璧な絶壁があるの。」と友はシェトランド諸島へと旅立ちぬ

〈のぞみ〉にてメトロポリスへ向かうこと東遊《あずまあそ》びと呼べばたのしも

揖斐、長良、越えて木曾川、泣きそうな顔をするなよそこの青年

東京は近きか否かほっかりと車窓に浜名湖がひろがりぬ

列島のブラックホールなる都市に「谷」の字のつく駅の名多し

垂直に伸びてゆく都市　地の刺のごとく〈バベルの塔〉は群れつつ

幾層も地面があるって感じやね　欅が道路に沈んで見えて

分岐してまた分岐してくだりゆく坂道はみな名を持つらしき

関西で滅多に聞かぬミンミン蟬今年はじめて聞けり　東京

ミッドタウンあたり台地のそこかしこ巨大クレーン十基ほど見ゆ

今晩は〈夜の秋〉やね　巻雲を染めて夕陽が沈んでゆくよ

銀河鉄道に忘れしわがバッグ白鳥駅に届きいるとぞ

どっどどどうど

さっき君が作っていった空席が今もぽっかり一つあるのだ　横田俊一「塔一九七六年八月号」

内ノ橋指して出てゆく肝試し帰りを待たでわれは眠らむ

絶え間なく水の流るる音聞こゆ眠れぬ夜はいつもそうなり

十全に生きているかと問いかけて内心忸怩たるわれである

疾風に鳴る窓ガラスひりひりと傷に染むごと秋が来るのだ

椎茸と竹輪を入れてわたくしのゴーヤのパスタ日曜日風

「お母さんにかけたら、お父さんにもしてと言われた。」と子の電話がかかる

出張中の妻の電話が追い打ちをかけて来たのだ「電話はあった？」

六花酒造「蔵子」は津軽の産にして度数十九の喉越しよろし

遠江さびしき汽水さざ波が曇天のもと押し寄せてくる

初秋の陽射し一緒に浴びているそこの網戸に付くカナブンと

坂道にカリンの木あり青き実が九月の雨に濡れていたりき

カラ類の混群の棲む林にて朝な夕なのかしましきこと

チャンプルの具材切り終え今すこし君の帰りを待つことにする

「二人ってさびしいよね。」と君の言い吾《あ》もしか思う子らの居らねば

マトリョーシカみたいだ君の内部からつぎつぎ過去の君が出てくる

あした採るつもりにしてた柿の実を鵯が食ったと君の騒ぎぬ

もう長く実の付かざりし千両になぜか実のなる今年の秋は

美しき放物線でありしかなさっきの二塁フライの軌跡

テーブルの回りに椅子が六つある普段は二つしか使わない

水辺より今し立ちしはカワセミかその鳥影の濃き空色は

Ⅲ

猫道

旧街道をはさみて向かい合いていし仕出し屋が閉じ和菓子屋も閉ず

堂々と赤信号を渡り来し猫ありビルの隙間に消えぬ

台風は衰えながら天気図の下辺を右へ進みゆくとぞ

遠き日に台風の目を見し記憶おそらく第二室戸であろう

たっぷりと昨夜の雨をふふみたるえのころ草の穂の重そうな

霽れてゆくつかのま小さき虹を架け霧はいつしか消えていたりぬ

秋の日のはやばや暮れて菜園にオクラの花のはつかとなりぬ

街路樹に生えし大きな茸なり秋の夕べを暮れ残りおり

子規の愛せし

金色がくれないとなり藍となる日の暮れまでの早き十月

よくとおる澄んだ声よと思いつつ今朝は聴きおりハシブトの声

東京に木枯し一号吹きました十一月の一日のこと

ひとしきり桜並木は落葉して空の広がる坂道である

なんでこんなに抜けるんや浴室の目皿に溜まる髪を見ている

根岸より日暮里へ出て探しおり子規の愛せし羽二重団子

柿ひとつカボスひとつが盆に寄り冬に近づく食卓である

冬の旅

少しずつすこしずつ葉を落とし来しニセアカシアの今朝は裸樹なり

球を打つ音響き来て小春日のテニスコートは木立の向こう

何とまあガードの甘き男かな川辺にケリの鳴く声高し

「最悪の組合わせや」と声あがる考査日程発表すれば

壊れゆく心を歌いあげしのちバリトンのひと汗を拭きたり

今すこし言葉を研がむ晩秋のポプラが風に耐えていたるを

犇めきてシシャモの遡上する頃か鵡川、沙流川地図に見ており

雪上幕営

熯のごと怒り埋めしふたりなり言葉交わさぬ幾日を経ぬ

ものの音みな遠くにて響きおり熱のある日の耳の鈍感

カーテンの隙より差せる月光を鍼かと思う風邪に臥す夜は

雨はいつ雪になりしかわれを呼ぶ君の声とっても嬉しそう

丸三日咳は止まらず吐く息に風邪のにおいがするような朝

雪野にて飯盒炊さんする夢を見て居りしかな寒き朝明け

学期はじめには決まって体調を崩す少年なり今朝も来ず

足裏がいつも床から2ミリほど浮いてるような少年期なり

イタリアンロースト

深煎りの珈琲豆の香り佳し殊に夜明けの遅き季節の

思うことなべて告ぐべし自転車のサドルに雪がしんしん積もる

おりおりに陽は射し入りて少女らの気分のむらを浮き上がらせる

朝食を摂れば戻すという友よちょっと手を抜いて仕事しよう

春あさき泉の辺なり苔むしたクスノキの幹カシノキの幹

がっくりと肩を落とした俺が居た二十三時の湯殿の鏡

傘持たぬわれを濡らせり「谷」の字を〈や〉と読む都市の早春の雨

口笛のジャガーズ

昔からきまって雪が降るのです三月三日ひなまつりには

五十五歳わたしの視野をかきくらしひどい吹雪がつづいています

犬連れしみゆきとすれちがう聖子そんな仮想をＣＭは見す

春の夜の闇に濃淡あることに気づきぬ五十五歳を過ぎて

精神が傾ぎはじめているらしくいつもの坂が今朝は険しい

ことばからことだまが抜けゆくようにしだいにかろし春のししむら

先行きの見えぬ不況は府立高の入試倍率上げてしまいぬ

口笛の「君に会いたい」真夜中の門辺を過ぎて遠ざかりたり

落花逍遙

ソラマメの紫のはな畑隅に咲きていたりき遠き春の日

「〈多い者《もん》勝ち〉は止めとけ」じゃんけんで決めようとしている子らに言う

雑踏の中ゆっくりと遠ざかりチェロのケースが見えなくなりぬ

パン生地を機械が捏ねておりまして賑やかでした土曜の午後は

真夜中の湯につかるとき陰嚢のややに浮かぶは何とも可笑し

ちーちゅるるメジロは長くさえずりて桜一樹の花散りやまぬ

うつむきてわれは歩めり花びらが路面びっしり覆う朝なり

ざわざわと柿の若葉をさわがせて春の日暮れが近づいてくる

曇天

どう距離をとればいいのか一斉に欅並木の若葉がさやぐ

空気など読まんでよろし歩道橋から水平に桐の花見ゆ

ウィスキーの小瓶ころがる抽斗はフィリップ・マーロウ事務所の机

三つほど巨き過ち犯ししと鯛の塩焼き食みつつ思う

俺のこと嫌《きろ》てるやろと言う声がわれの裡より湧く零時半

思い出すことはあるまいさっきまで魘されていた夢ではあるが

曇天が好きだったんだこの朝をみごとな声で鳴く鶯は

つばめ飛ぶ川の辺に来て少年はアルトサックス吹きはじめたり

空と隔たる

駅前の植込みの蔦じわじわと歩道に伸びてくる梅雨の入り

つややかに梅雨の夜ありき自堕落という語に惹かれいし少年期

晴れ男ならぬ〈晴れ過ぎ男〉居て六月のぎらぎらのグランド

屈伸の次は伸脚Tシャツの背がもう汗を噴きはじめてる

一世紀前に生まれた子供です「たけが居ない」と泣いているのは

南海に居座ったまま動かない梅雨前線みたいだ俺は

一枚の大きなガラスわたくしと夕焼空を隔てておりぬ

ジェントリー・ウィープス

そこここに張られていたる伏線を見ていなかった栗の花どき

なぜもっと早く気づかなかったのか梅雨の晴れ間の陽射しが責める

しばらくは混乱させておくもよしゴーヤとゴーヤ蔓絡みあう

生節の煮付けに蕗の添えられて夕餉の皿は卓袱台にあり

『狭き門』また読まむかな　姉のごとあくがれしひとありし遠き日

ギターがねほんまに啜り泣くんですライブハウスであいつが弾くと

甲高く熊蟬鳴ける昼つ方少年の耳すこし尖りぬ

捕虫網と野球帽

変わりゆく雲の形を言い合える少女らに夏休みはじまる

夏が来るたびに行きたる島ありき水着着て子ら幼なかりにき

捕虫網手にしてわれのかぶりいし南海ホークスの野球帽

争点は何だったのか窓近き樹の花に群るる蜂を見ている

よいしょっと掛け声かけて食卓の椅子より立ち上がる君である

山並を雲は蔽いていたれども雨の青木湖ぼうと明るし

信濃より越後に入りぬつぎつぎに車窓を流れ去る合歓の花

ああ昭和また遠くなる　さようなら大原麗子、山城新伍

言葉の尾

初秋の風が見えたよ栴檀の梢さわさわ渡っていった

「本棚の間とちゃうか」と級友に言われるS君はきっと図書室

みじろぎもせず岩に立つ五位鷺と流るる水を並び見ており

淀川に霧湧きやまず昨日より前の時間はみな昔なり

すぐそこが勤務先です有明の月が浮かんでいる坂の上

いつよりか高架の下に棲みつきし人あり今朝も読書しており

熱出でて床に臥しいる昼さがり君の言葉の尾が垂れてくる

誰彼の退屈に付き合うと言う携帯3つ持ちて少女は

点々と濃き紫は葛の花わが駈けのぼる山道に散る

群れに入る

鹿が来てギボウシの葉を食むという九月すずしき岩倉盆地

久しぶりに記念写真を撮らむとて校正作業ちょっと一服

「大丈夫です。」と答えるばかりなりちっとも登校せぬ少年は

「こだわりは捨てちゃ駄目だ。」と諭しおり窓の向こうに百舌鳥啼く夕べ

渓流に架かる小さな橋なりきトンボの群れに入りて歩めり

紅葉してやっと気づきぬ川の辺にウルシぽつんと生えて居たるを

隈もなき月を仰いでいるけれどほんとは少し退屈なのだ

仕舞支度

あしたから生まれ変わるという少女　そんな焦らんかてええねんで

〈ゆるキャラ〉はぬべっと丸いから嫌い　突然に言う君ってひとは

「わたしもうお休みモードやわ」君の機嫌すこぶるよき木曜日

もみじもみじ全山もみじなかんずくほむら立つナナカマドの一樹

争いに敗れし百舌鳥の羽根ならむリラの根方に散らばりていき

ハロウィーンなのでと生徒ら椅子寄せてお菓子を食べている昼休み

噴水の返す夕焼け鯛焼の屋台は仕舞支度を始む

白いコーン

ピンポイント予報の明日は〈晴れ〉なれど傘さして歩む福知山の夜

「あと三年走りたいね」と言い給う　夕餉の隣席は喜寿のランナー

大江高校ブラスバンド部、二《に》箇《か》下《しも》の和太鼓、もう間もなく〈折り返し〉

来年も会えるだろうか折り返し地点に立ってる白いコーンに

ガードレール摑みて膝の屈伸す　由良川に陽の射し来たる午後

やや前を駈けゆく女性ランナーのセシルカットに汗の雫す
マラソンのあとは餃子が美味しいね二人前ずつ注文しよう

雪見教室

さっきまでメジロがそこに遊んでた樫の梢は時雨に濡れて

寒風に向かって坂を駈け下る師走の街の最深部へと

亡き父と煙突掃除したことを思い出すのだ大晦日には

蠟燭に火が点きません風強き墓地に今年が暮れてゆきます

風圧を受け容れたとき大凧はゆっくり揚がりはじめたのです

少女らの会話はまるで転げゆくラグビーボール追いつけませぬ

窓の辺の誰かが「あっ」と声上げてクラスみんなで雪を見ている

散歩できるくらい元気になったから職場へ復帰するという友

夜が明けたら

象、駝鳥、マントヒヒ、河馬、みな老いて動物園はおだやかに冬

窓の辺の樹がざわと鳴るまたふっと出かけたるらしわが分身は

あの唄のエンディングは汽車の音なりき　浅川マキも死んでしまいぬ

一日は長し一年短しと枇杷の花咲く路地を歩めり

春浅し「二人で暮らしてるんですからね。」と君に叱られて居り

「薄うならはりましたな。」と四十年通う床屋のおじさんが言う

すっかりと蓬けしススキわれに揺れおいでおいでをする丘の縁

川沿いの道から鴨を眺めてる　遅刻する夢なんだよこれは

雨中を駈けむ

山並に囲まるる空雲厚し雨はひねもす盆地を濡らし

雨やまぬレースの前夜ししむらはジョギングもせず湯に沈むのみ

「雪になるかもしれんけど走らはるんやろね」と宿のお女将さん笑う

通称は化石街道そのかみのタンバザウルス想いて駈けむ

雨脚の強まりたればしし汁をいただかず過ぐ給食地点

蹴る力膝より奪う向かい風三十キロを過ぎて激しき

鴨よ鴨つめたくないか波荒き河のほとりをひたすらに駈く

海峡の春

拾い来し貝と若布に夕餉して流されし王の一生思いき　　田中栄『海峡の光』

海が見えはじめたのです四人して窓を見ている特急サザン

やや早く春の過ぎゆく岬なり紫木蓮の花すでに朽ちそむ

石段を登る、右折す、突き当たる、また石段を登れば墓地ぞ

石段を登りつめたる墓地の辺に何とまあみごとな木瓜の花

田中さん、やっと来ました　み墓からよく見えますね海峡の春

墓前にて頭《こうべ》を垂るる　いつまでも〈歌の苦労〉の足りぬわれなり

春の陽を浴びてのどかに駅舎あり多奈川線はここにはじまる

田中さんの〈流されし王〉の歌思う　貝を肴に酌みつつわれは

布目のごとく

雪の誕生日は記憶にはない

三月三十日われの誕生日桜並木に積む雪を見き

湖が好きで近江に来たと言う　土くさき詩を紡ぐひとなり

こまやかな花かと仰ぐ大いなるけやきの梢に芽吹くさみどり

「学内が全面禁酒なんだよ」と永田さんやや戸惑うような

もやもやがどうにもならずもやもやのまま少年は席に着きおり

麻織の布目のような光線が五月の森に降ってくるのだ

慇懃にして無礼なりパソコンの起きつつ示す「ようこそ」の文字

初夏の夕べは長し暮れなずむニセアカシアの白きはなふさ

風呂敷マント

おまえには自分の声があるのかと朝から鳴きさわぐ鷺の奴

出でゆきし子らがおさなき声のまま遊んでおりぬ家のどこかで

卯の花の垣の向こうを風呂敷のマントが駈け抜けてゆきました

余裕とは何なのだろうとりあえず傘打つ雨に歩調を合わす

十八になった少女に打つメール「まだまだ」じゃなく「いよいよ」にせむ

ベランダに採れしエンドウ茹でており豆ごはん炊くには少なくて

すんすんと畝に並んだ葱鉾の一本になり五月を送る

遠からず旅立ちは来むそこかしこアリジゴクらは砂を揚げおり

火曜日は椎の花の穂、水曜日ざくろ朱の花、六月に入る

螢狩り

おはようと声は残りてマウンテンバイクの野球帽もう見えぬ

教室の窓は南に向いていて雨の匂いがわっと入ってくる

雨あがり池のようなる水たまりビール工場跡地にあらわる

草深き土手の小径のハルジオンわが肩ほどの高さに咲けり

時計ではなく携帯を捨てるだろう　イージーライダー今にし在らば

〈殺処分〉という言葉にさえ慣れてもう驚きもせぬ耳がある

鏡台がきっと置かれているのです長い廊下の突きあたりには

梅雨晴れをはしゃぐ少女ら渓流へ平家螢を見にゆくという

ボトルとグラスと

蟬しぐれ今年はじめて聞きし日よ夕べ激しき雷雨となりぬ

梅雨明けの日に熊蟬のむくろ拾う　こいつは昨日鳴けたんだろうか

泣かすんは簡単、そやし君はえらい。たっぷり笑かすことができる。

庭先に大きな笊を持ち出して梅の土用干しはじめる君は

花よりも葉っぱ大きく育ちたる紫陽花ありき厠の裏に

暑気払いとて日に五たび水風呂に入りたるという安吾よ安吾

美術室出で来し少女その胸に剝製の鳩ひしと抱えて

ボルドーのボトルは怒り肩なれど小さな尻のボルドーグラス

去らしめし

「早《は》よしい」と女子に言われて腰上げる草食系の男子の群れは

なまぐさきほど暑き午後ひとに会う約束をせしことを悔やみぬ

切札をあまりに早く切りしこと責めるがごとし熊蟬の声

青松笠こずえに高き夕暮れを爆発寸前の一少女

退学を少女は決めてしまいたり　障子の向こう月が明るい

去らしめし子ら幾たりぞひりひりに渇きていたる深夜ののみど

万歩計

「味自慢ところてん」とう旗が揺れ峠の茶屋に風を見ており

畳から生えてきしツルムラサキをおしたしにして食う夢を見き

豹柄を少女は纏う昨日より十度気温の下がりたる午後

この秋は曼珠沙華長く咲き続くそらみつ大和盆地に群れて

雨の音しだいに強き夕まぐれ畝傍山より霧のあふるる

プランターにことし最後のオクラの実しばしそのままとんがって居よ

真夏でも学ランでいた少年がテストの後を五日休みぬ

「今日は千もいってへんわ」と母の見る万歩計が示す４７６歩

夜な夜なをそぞろ歩きし疏水べり　なんやったんや70s《セブンティーズ》は

日本食はスパイシーさを欠くと言うアレキサンドリアより来し人

来光寺へはどう行けばいいですか？　誰かに君が訊いているころ

コスモスの雨

かの庭にコスモスの花咲き満ちて濡れいるならむ十月の雨

何度読み返しただろう「歌は健やかな歌を…」と結ばるる文

秋の黄砂

野放図に生きよというか裂けし実と返り花とを掲げて柘榴

「分からない」としか答えぬ少年にまた訊く　卒業後はどうするの？

水曜の泡、木曜に杭となり、金曜日には鉛のごとし

藁をもて縄を綯う技われに無しそのほかあまた父より継がず

芸術は生活の場にあるのよとパン生地しばし寝かせて君は

丘も野も街も黄砂にかすむ午後　桜紅葉がことしはきれい

太陽と風のにおいだボウルにてせんぎり大根ゆっくりもどる

あとがき

第三歌集を出すことにしました。前歌集の発行が二〇〇七年のことでしたので、あれから十年が経ったことになります。

歌集のタイトルは集中の一首

実を採ると屋根に登りし日のありき　かの柘榴にも花咲く頃ぞ

からとったものです。塔の校正、発送作業はながらく古賀泰子さんのお宅で行われていました。しょっちゅう寄せていただいたのですが、古賀さん宅の玄関脇に大きな柘榴の木がありました。ある日の校正のおりに、「実を採ってきてください」と仰有ったので、玄関の屋根に登らせてもらったのです。塔二〇〇八年一月号に

坂田博義・黒住夫妻・山下洋わが庭の柘榴採りくれし人

と、古賀さんが詠んでくださいました。三十有余年前のことです。

表紙は、前の二歌集につづいて、学生時代以来の友人、新宮裕さんに描いていただきました。また、前歌集で装幀を担当してくださった花山周子さん、出版に際していっぱいお世話をいただいた青磁社の永田淳さんと吉川康さんに、今回もお力添えをお願いいたしました。本当にありがたく、お礼の申しようがありません。

最後の一連の小題とした「秋の黄砂」は二〇一〇年十一月に降ったもので、同年の末には、本歌集の原型はほとんどできあがっておりました。翌二〇一一年三

月、余命宣告を受けていた母が亡くなり、出版を躊躇しているうちに、ずるずると月日が過ぎ、すっかりほったらかしにしてしまっていたものです。それが最近になって、あれはどうするんや、いつまでも放っておくんか、という思いが湧くようになってまいりました。母の声だったのかもしれません。遅ればせながら、改めて上梓することを決意したしだいです。

二〇一七年三月十六日

山下　洋

塔21世紀叢書第301篇

歌集　屋根にのぼる

初版発行日　二〇一七年三月十六日
著　者　山下　洋
定　価　二三〇〇円
発行者　永田　淳
発行所　青磁社
京都市北区上賀茂豊田町四〇―一（〒六〇三―八〇四五）
電話　〇七五―七〇五―二八三八
振替　〇〇九四〇―二―一二四二二四
http://www3.osk.3web.ne.jp/~seijisya/
造　本　花山周子
装　幀　新宮　裕
印刷・製本　創栄図書印刷

ISBN978-4-86198-372-6 C0092 ¥2300E